倚晚晴樓詩藁

胡國賢古典詩集

責任編輯　張軒誦
書籍設計　陳朗思

書　　名　**倚晚晴樓詩藁：胡國賢古典詩集**
著　　者　胡國賢
出　　版　三聯書店（香港）有限公司
　　　　　香港北角英皇道四九九號北角工業大廈二十樓
　　　　　Joint Publishing (H.K.) Co., Ltd.
　　　　　20/F., North Point Industrial Building,
　　　　　499 King's Road, North Point, Hong Kong
香港發行　香港聯合書刊物流有限公司
　　　　　香港新界荃灣德士古道二二〇至二四八號十六樓
印　　刷　美雅印刷製本有限公司
　　　　　香港九龍觀塘榮業街六號四樓A室
版　　次　二〇二二年六月香港第一版第一次印刷
規　　格　特十六開（150×210mm）二四〇面
國際書號　ISBN 978-962-04-4978-9

封面由單周堯（文農）題字

目錄

觀遊篇

師友篇

親情篇

志懷篇

藝文篇

後記：寫詩六十年有感

譚福基序

日月明逝，萬物遷化而體貌衰謝，此魏文之所大痛也。盛世浮生，余亦老耄，乃至漱芳緗紈，聊從永日。閒讀家藏，見古今詞人，類多貧悴，命同雁鶩；然其以詩文自煥，清節磨礪，而鮮有降心阿俗之行，此固君子之能自適其道歟？今有胡君國賢者，雅尚高致，博學多通；而閉影自好，遊歷山川，結交同道。及其著述，則擷芳揚蕤，學養深醇。其詩字協韻秀，佳句輒得；咄嗟吐納，俱成令音。涵其章，則忽而蒿目，忽而解頤，規勸諷，道性情，慷慨熱腸，風流冷眼，一卷而裒集之。是謀篇命意，端視其最宜，固不必為體製所宥限也。胡君溫然接物，恂恂儒雅；讀其詩，觀其行，則又剛腸勁概，絕非以苟且為明哲如世之俛眉者可擬。古云：「天心不可違，人情不可失。」其詩得之矣。

己亥秋，番禺譚福基識於香江北角小樓

何文匯序

同年胡國賢校長學富才高，博通今古，既以新詩名世，復精於古近二體。昔以學問文章見稱於上庠，逸群絕倫，友儕折服。而彼則溫良寬厚，未嘗以多聞自矜，故益友雲從。其立身處世有如此者。

國賢兄雅好粵劇，通音律，善編撰。所作《孔子之周遊列國》及《桃谿雪》二劇，文辭典雅，協工尺若合符節，梨園傳誦。而新作《揚州慢》始成，風行在即，無可疑矣。其才藝有如此者。

夫不能近體，不可謂能詩。國賢兄非獨能詩，且能新詩，早歲以羈魂筆名成新詩集，因享盛譽。今更得古近體詩二百餘首，名之曰《倚晚晴樓詩藁》，行將付梓，為世楷模，實文林之大幸也。兄之詩雅健而溫潤，語如俯拾而感人彌深，乃知詩集一出，必得眾而動天矣。余得覩此不朽盛事，能不述其所由以表敬重之意乎？

壬寅初夏，何文匯敍於港島山樓

物色篇

詠象棋

棋局人生俗套辭，反躬親覩確如斯。
過河卒子無歸路，困谷將軍獨處危。
重線雙車誰可御，連環二馬孰能騎。
行田莫笑曾飛象，逾矩當知沒了期。

詠馬將

國粹原分中港台，一牌多制興乎來。
東南西北風頻轉，萬索筒番子各堆。
上碰規條宜細辨，和糊則例豈恆裁。
休言小道隨心意，問禁方能悶發財。

附記：

馬將雖云國粹，卻有中、港、台，以至各地不同玩法，規則亦各有異同；惟至今仍無強求劃一之議，堪為「一牌多制」典範。機靈者但識「問禁」而行，鑽營其中，信可「悶」聲「發」其大「財」矣。

詠街頭小吃之蒸腸粉

一剪無情斷熱腸，還添百味待君嘗。
混淆油醬籤輕撥，搬弄芝麻舌豈長。
聚攏街頭非物議，盤桓攤畔暫機忘。
可觀小道無拘泥，況帶兒時齒頰香。

詠石獅

坐鎮乾坤舍我誰，號哮天地鬼神知。
龍蟠那得千邪散，虎踞何曾萬獸隨。
望借哼哈凝意氣，還憑指爪制熊羆。
重門獨恨長株守，難越雷池效脱錐。

詠石二題

其一・詠雙獅石

不羡龍蟠虎踞姿，憑誰慧眼辨雄雌。
三生有石雙獅證，後顧前瞻亦悅怡。

其二・詠青蛙石

幾曾坐井譏天小，尚盼臨崖面野荒。
舉世莫嘲頑石固，巋然凝佇眇穹蒼。

詠面書

指觸熒屏實亦虛，真耶幻也面中書。
餐前美食先嘗遍，聚後歡顏盡展諸。
私隱願為天下告，厥詞何懼世人噓。
悼亡報喜生辰事，評讚從來任意舒。

詠爐火

爐火純青豈偶然，一薪未盡另薪傳。
方知獨木燎難久，惟仗同柴餤始延。
賸炭無光沉此際，遺材餘熱勝從前。
攏圍非為溫層暖，共冶相融盼惜緣。

日月二題

其一・落日

落日懸天線，淡然沾俗塵。
賸光餘熱在，猶照未歸人。

其二・新月

新月橫空待滿時，欲傾華夏怕尋詩。
但教夜夜澄明在，管甚盈虧亦展眉。

詠野岸橫舟

天地待吾撐，江湖任我行。
衣沾何足惜，野岸一舟橫。

詠觸角二蝸牛

觸蠻難得一枝逢，柔角相迎軟語喁。
未動干戈爭土地，惟濡涎沫辟疽癰。
盤旋管甚纏身累，顧盼寧思浥露濃。
莫謂虛言君且聽，不拋重殼亦從容。

牛年詠牛

觳觫堂前淚，蒼茫闢外蹄。
火攻稱怪陣，海入笑汙泥。
鐵扇依懷醉，銀河望眼迷。
悲歡離合事，庖解物同齊。

哀野豬

一族悠然隱嶺崗，只緣闢土失窩藏。
追車為覓嗟來食，奪路難防卒爾槍。
天地不仁哀野豕，塵寰何律飾凶狼。
相安物我原無間，奚事誅屠辣手揚。

倉鼠（仿《詩經》體）

倉鼠有毒，人而無束。
人而無束，不死何贖。
倉鼠有疫，人而無澤。
人而無澤，不死何益。
倉鼠有疾，人而無術。
人而無術，胡不遄卒。

看照貓成虎圖有感

豈慣臨流顧影憐，半窪渾水展新天。
嬌柔宛轉投懷抱，肅殺森嚴鎮嶽川。
得志未曾先得意，操持莫道盼操權。
不須攬鏡尋花月，舍我其誰自岸然。

蚊嘆

豈敢成雷聚，惟求若電奔。
雄餐花液淡，雌嗜血腥溫。
但得傳宗裔，寧教散魄魂。
弄人還弄物，天道與誰論。

附記：

雄蚊只啜汁餐露，惟雌蚊嗜腥吸血，因其卵巢發育須靠血液。蚊為繁衍後代而擾人刺人，人為防止病患而驅蚊滅蚊。天道安排若此，弄物弄人，孰是孰非，該如何論辨？

諷蠹

摘句尋章我在行，咬文嚼字獨稱強。
鑽研典索終生寄，匿隱墳丘夙願償。
經籍未窮心已醉，詩書漫卷意如狂。
珠璣滿腹當何用，飽學原來穿別腸。

詠蜘蛛——步琪丰兄韻
奉和

休嘲綴網笑窮忙，我自猶然沐露霜。
一角陋檐窺俗世，管他敗寇抑成王。

附：

陳琪丰兄原玉

誰不艱辛為食忙，網成無懼露風霜，
此生或許半饑飽，八陣圖中我是王。

詠蟬二首

其一

藏璧潛修逾十年，一聲知了破啼天。
永恆半夏原無別，只為人間醒醉眠。

其二

螓彩蜩啼孰見疑，本來一物寄同枝。
喜悲褒貶隨人意，知了何曾妄作師。

孤鳥三題

其一・樹頂孤鷺

輕寒佇翠微，孤鷺落霞飛。
誰謂高無伴，青條映白衣。

其二・枝頭孤鳥

疏葉還相聚，柔枝尚互撐。
休憐孤鳥苦，傲立待嚶鳴。

其三・臨流獨鳥

獨處未言孤，臨流影與俱。
冬殘春豈遠，隨化任榮枯。

詠鶴鴉共處

鶴立鴉棲各適然，閒雲舒卷碧藍天。
靜觀自得優遊處，物我相忘共柳顛。

詠紅棉青鳥

暖寒未慣過春時，紅艷孤高壯厲姿。
青鳥翩然枝上傲，英雄難免惹相思。

花蝶悟

莫謂花迷蝶，何曾蝶戀花。
相依天性矣，共處本然耶？
授粉憑媒使，營身仗蕊芽。
尋常生態事，勞煞眾詩家。

附記：

蝶戀花、花迷蝶，原是詩人一廂情願之想。大自然中，蝶賴花蜜而營身養體、花仗蝴蝶而授粉傳宗，相互依存而已。本然天性，何浪漫之有！

詠葉上露珠

點滴凝清露，邊緣慣自持。
甘承朝日杲，毋懼朔風吹。
葉底珠猶潤，途窮淚未垂。
縱然身墮溷，餘澤發新枝。

詠含羞草

不吐芳香不吐華，野田幽徑好藏鴉。
為君卷展憑緣份，豈是含羞畏彩霞。

詠道旁紅葉

乍看紅葉若紅唇，未化新泥已是春。
取次道旁毋顧盼，嫣然惟恐浥輕塵。

詠梅

摘句尋章任剪裁，放翁和靖入詩來。
何曾兩屐沾霜雪，笑我平生未識梅。

詠曇花

倏然一夜歷榮枯，未盼香留未怨孤。
應解眾生猶夢寐，覺餘誰問有還無。

詠櫻——題張校長秀賢《櫻花照》

非桃非杏亦非梨，一樹微紅欲墜枝。
細雨故園憐瓣落，和風異土痛根辭。
芒鞋踏盡橋何處，傲骨撐餘夢有時。
十日繽紛毋苦短，但懷愛望任飄垂。

附記：

據聞櫻花原產於中國，後輾轉傳至日本，並為其國花。花期雖不逾十日，惟盛放時之繽紛絢麗，足令人心醉；其為愛情與希望之象徵，良有以也。

詠吊鐘花贈妻

盡是無聲勝有聲，頻催臘鼓遍山擎。
花高尚望功名遂，子茂當求宗嗣盈。
飯後炎涼堪一笑，節前桃李豈相爭。
流杯共賞何其樂，俯首人間伴爾程。

讀偉明兄〈龍船花〉有感

艾草菖蒲待掛門，龍船花艷值春瘟。
未聞鼓響君先綻，好慰靈均千載魂。

詠鳳仙花

莫羨鳳凰休慕仙，不求淺愛乞輕憐。
嬌柔怎耐凡夫碰，彈指桃谿又一年。

附記：

鳳仙花，為一年生草本植物，又名指甲草、小桃花。花語為「別碰我」。

詠月桃

眾目窺天下，憑誰識月桃。
性溫療恙淺，質韌結繩牢。
入饌莖何嫩，插襟花更騷。
毋庸攀豆蔻，顧盼自矜豪。

附記：

月桃，為具廣泛用途之草本植物，近豆蔻而不同類。其根果可入藥、其葉鞘可編繩；其嫩莖可食、其花串可賞。而其若千目微張之籽實，更宛如旁窺天下之冷眼，敢不怵然！

詠雁來紅

雁來又見雁來紅，老去方知萬化空。
倏忽雲端聲影過，歸根惟我接秋風。

附記：

雁來紅，因葉子於秋季北雁南飛時轉紅，故名；此亦為其成熟標記，故又別稱「老來嬌」。想雁過暫留聲影，此卉則駐迎秋風，造物如斯，誰能參透？

詠金塔扶桑

花中喜見另生花，單瓣托承雙瓣葩。
金塔曳搖朝露滴，黃鐘懸吊夕陽斜。
素顏外展何平淡，艷色深藏豈傲誇。
但得東風扶弱質，南園共對話桑麻。

附記：

金塔扶桑，有兩層花瓣，下層單瓣，上層雙瓣，儼然「花中花」。瓣色金黃，惟花心深紅，風中曳搖，宛如金塔，又若吊鐘，別具美態。花語為纖細、體貼，屬庭園觀賞植物。

詠十字花

復活欣逢十字花，龍船未鼓已芳華。
清明雨盡殘陽曝，惟恐新紅逐遠沙。

詠棠棣、棣棠二花

棠棣無端混棣棠，花紅奚事變花黃。
義山錯寫忘憂句，成大輕描錦帶妝。
誤注何勞清主辨，親情還待召公揚。
同科異屬原兄弟，各展丰姿莫鬩牆。

詠荷三首

其一・詠新荷

淺翠清圓滿綠池，數枝菡萏待開時。
抒懷莫說春光老，剩下琳瑯盛夏詩。

其二・詠綠荷紅蓮

一株孤潔守清塘，絳袖形裳吐蕊光。
竟道晚來猶苦熱，幸憑碧傘蔭紅妝。

其三・詠青荷白蓮

翠蓋孤擎荷自賞，卓然莖拔獨生蓮。
只緣水淨浮青白，難得沉潛影墨箋。

詠茶二題

其一・清明詠茶

清曉擷來芽細嫩，明前泡取茗醇香。
忘憂何用醍醐灌，但得滌煩輕啜嘗。

其二・注春（茶壺別名）茶山（茶垢雅稱）嘆

紫砂壺小垢深埋，淨水烹沖味亦佳。
堪笑呆人頻洗擦，強將厚漬盡消排。
餘香難保哀遺老，碎玉何存痛我儕。
欲墜茶山無力挽，注春甘苦入誰懷。

詠紅黃牡丹

何勞擊鼓已催花，富貴貧寒亦是家。
黑白紅黃皆本色，風來猶不向人斜。

俗諺三論

其一・論酒色財氣

酒不沾唇詩也豪，色迷不惑仗情操。
財來財去尋常事，氣自昂然志自高。

其二・論水性楊花

因勢順流原水性，隨風飄散乃楊花。
任真自是無褒貶，豈待凡夫論正邪。

其三・論才子佳人

才子何當配美人，從來薄倖古常新。
縱收綵筆名還在，漸褪朱顏愛亦淪。
妾嘆十娘逢李甲，郎求八美慕唐寅。
激流蕩後猶涓滴，應道錙銖分外親。

觀遊篇

訪京懷古

其一・過蘆溝橋

風月蘆溝賸冷碑，那堪重認盛衰時。
蹄痕深鑄尋無處，寂寞干闌寂寞獅。

其二・過圓明園

汙泥十里接初晴，小駐茫然萬念生。
水法怕尋胡馬跡，廢池猶厭列強兵。
殘垣傾軋興亡事，斷柱縱橫禍劫情。
喚我健兒同矢誓，毋忘國恥氣干城。

閩遊雜詩

其一・訪福建土樓

方圓百里見方圓，鬼斧神工別有天。
疑是外星曾駐戍，儼然導彈隱川田。
土牆疊疊滄桑證，木閣層層族裔緜。
喜入世遺承啟澤，忍教廊巷市聲纏。

其二・初遊鼓浪嶼

未聞鼓浪驚人浪，蟻聚蜂屯共濟舟。
萬國衣冠臨此嶼，百年苦難證重樓。
東西夾雜星棋布，中外交融雅俗收。
舉步踉蹌巖頂駐，摩肩猶幸見江流。

後記：

鼓浪嶼為福建廈門一小島，風景優美。清末成列強公共租界，遍立領事館、住宅、教堂、學校，建築風格混雜中外古今，後成旅遊勝地，並列入世遺名錄，慕名者眾。惟遊人蜂擁而至，往昔之清幽寧靜，究往何處復尋？

泉州文化遊九首

其一・五店市

傳統街區舊亦新，中西合璧雜紛陳。
出磚入石何工巧，活化從來混假真。

其二・草庵摩尼教寺

草庵化石證滄桑，咒義銘崖凝佛光。
明教摩尼今不在，倚天妙筆幸深藏。

其三・九日山

九日山崖北顧愁，祈風刻石記登遊。
江山遞嬗衣冠異，惟有文辭萬古留。

其四・開元寺古桑

古桑垂拱驟生蓮，雷劈雷轟三幹全。
神跡任從書史著，超然千載我為禪。

其五・解放軍廟

無神奚事奉軍魂，誌恨懷仇復記恩。
拆建但隨時勢易，海疆誰解豆萁冤。

其六・關岳廟

羽化飛升異亦同，殺身存義惜愚忠。
麥城魂斷風波喪，換取半城香火籠。

其七・文廟獻唱

夫子堂前獻拙歌，儒門弄墨愧才疏。
大哉孔聖誠心頌，師道弘揚閩粵和。

其八・回族宗祠

回字宗祠匯漢回，聯姻血脈族群開。
農商仕宦毋忘本，教義心存待主裁。

其九・詠莿桐

紫莿羸悴刺桐嬌，四日觀遊慮未消。
此地申遺勤保育，我城風雨尚飄搖。

歲暮與香港教育界同工遊台三首

其一・九份

九份恩同一份深，相濡相望樂登臨。
分嘗共享攤旁食，昔日悲情孰訪尋？

其二・忠烈祠

軍靴未響履痕清，滴漏分明迭代更。
莫問廟祠忠與烈，從來筆削任枯榮。

其三・一零一大樓

節節崇樓疊疊台，一零一廈獨宏開。
古錢風曳昂揚氣，筋斗雲纏熠燿才。
龍虎卧藏迷百瘴，貔貅坐鎮擋千災。
藍嗔綠亂添紅怨，何日恩仇泯濁杯。

遊中英街有感

一街昔日隔中英，奚事回歸壁壘成。
界石文辭難識辨，銅鐘銘誌獨分明。
盈車港貨關前集，聚蟻人群閘外迎。
莫嘆自由行不息，從來腐血有蠅爭。

後記：

月初，隨香港史學會遊中英街。但見界石模糊，穿梭其間者，想已全不著意孰港孰中；惟博物館前沉重之銅鐘，尚字字分明。觸目所及，進出多為內地人，盈車更盡為港貨，何其另類自由行！密匝鬧哄之餘，又憑誰反思，逾百載之滄桑？

屯門龍鼓灘速寫

未聞龍鼓響，惟見石灘橫。
萬籟風飄寂，千年浪卷輕。
天高澄碧洗，山遠冷枝迎。
誰識嶙峋處，心潮漸熨平。

紅隧黃昏偶觸

街日模糊記昔時，縱橫軌隧軸輪馳。
殯儀有館青燈冷，分站無車過客推。
重到須驚非杜牧，低吟猶厭豈姜夔。
栖楻竄闖盲腸塞，落日餐餘路漸歧。

與好友驟雨中初遊山頂

同樂徑記逸

時雨時晴山頂來，良朋共聚逸懷開。
新亭尚誌當年石，舊徑猶存昔日苔。
蛛網曳搖斑蝶舞，蟻巢隆兀地衣堆。
神清氣爽天然處，縱目登臨快意哉。

隔日再訪愉景灣有感

隔日重臨愉景灣，遙觀近賞海天山。
入冬翠巘堪馳目，過午清風盡展顏。
逆浪順潮非我願，委心乘化復誰閑。
桃源何用尋方外，寄取桑榆影響間。

隨北區諸友初遊慈山寺

隔海遙觀濯世音，慈山有幸始登臨。
入門待脱凡塵累，補處仍懷淨潔心。
仰止巍峨名盡薄，低頭坦蕩志彌深。
友情共證菩提畔，眾裏何需鷲地尋。

雨中偕友重訪慈山寺

山寺重臨雨漸漓，廊階照影自成詩。
銅環未叩門難入，瓢水還傾供有時。
休向荷池求盡美，但看菩樹證新姿。
一生補處何由補，聚首蓮台沐善慈。

附記：

供水時，忽來細雨濡濕頭肩，是「沐」非「浴」。能輕沐善慈，何敢冀求澡浴！

與粉嶺舊校師生初訪大埔松仔園巨藤有感

不畏盤根錯節生，師徒難得作山行。
昔年篳路林初啟，此際桃蹊果有成。
老樹能攀緣倚幹，新枝得散幸披荊。
古藤莫道猶纏糾，喜見青蔥夾道迎。

見松仔園藤樹相纏偶觸

互託喬蘿非獨然，古藤老樹亦相纏。
樹高凜凜猶依地，藤蔓悠悠尚仰天。
藻菌寄存心更淨，節根盤錯志彌堅。
交柯造化尋常見，曷若撐扶駐目延。

與粉嶺舊校同事屏山晚宴記樂

誰道屏山隔萬重，今宵舊屬喜相逢。
佳餚豐盛情尤盛，兼味香濃意更濃。
細述去來添感慨，無分彼我倍從容。
圍爐共話忘時過，未盡依依期晚冬。

懷粉嶺舊校附近公園

書香何幸伴荷香，淨植亭亭濯碧塘。
疑是樓台曾小駐，縱無桃李亦芬芳。

與妻先後同遊橋咀昂坪偶悟

深處險時高處寒，兩心無待遇而安。
厥中未執徒希聖，聞達何求願效蘭。
堪笑懸車跨嶺岫，但隨輕楫訪崖灘。
高山深水曾同度，黃髮風迎影不單。

與妻慶生同遊薄扶林觀瀑記樂

村路扶持穿薄林，泥浮石滑蘚苔侵。
慶生本待初源溯，避疫何妨陌地尋。
縱歷崎嶇猶執手，任教晴雨亦同心。
越欄跨界雙耆勇，為賞豁然清瀑音。

生日與妻同遊坪洲手指山有感

生日同遊手指山，傷疲未憚勉援攀。
風光嶺上惟叢綠，儷影亭前自展顏。
指豎但參巖可肖，手揚那管石曾頑。
登臨拾級尋無處，回首驀然天水間。

春節與妻暢遊梅窩記樂

無銀此地更無梅，雅俗非關復本來。
雲淡風輕山迤邐，水清沙白客徘徊。
嶙峋過盡深灣淨，文武功垂古廟開。
入暮疏林閒逐日，悠然對坐進餘杯。

壬寅赤口與妻同遊大埔海濱公園記逸

壬寅赤口疫情凶，會友參神路盡封。
幸有海濱幽徑在，明山淨水賞清冬。

與妻同遊新中環街市記趣

其一

不是竹林休聚賢，秀枝旗下自猶然。
何來皓首青衫客，抱臂閒看別有天。

其二

小鳥依人幸結緣，回眸難得願同肩。
縱教微垢污清興，尚有儒巾細意憐。

泰北遊詩

其一・金三角

金三角匯一湄河，岸佛閒看世變多。
罌粟昔曾開燦爛，遊船今已慣穿梭。
匆匆過客空留影，默默清流永泛波。
但得良朋同濟渡，桑榆日暖趁風和。

附記：

金三角位處泰國、老撾、緬甸交界，以湄公河分隔，曾為盛產鴉片之地。如今泰北清萊原地已成為旅遊景點，遊人可乘船暢遊河上；而岸旁佛像林立，更建博物館縷述鴉片歷史。

其二・泰北白廟藍廟觀後

色相誰云盡妄空，瑋奇佛廟白藍同。
窄橋千手徒攀舉，陌路孤髏發聵聾。
獨角青龍開迤邐，三頭彩象證神通。
琉璃金玉天工巧，覽勝參禪互混融。

附記：

清萊白廟（龍坤寺）、清邁藍廟（班誕廟），均為泰北旅遊熱點。前者屬現當代藝術建築，後者則為百年古寺。二者之琉璃金玉，雖各異其趣，同樣教人目迷；而白廟以地獄之奇詭、藍廟以神龍之瑰瑋，更予人於覽勝之餘，稍涉禪機——藍白諸般色相，終究空亦不空耶？

越南遊詩

其一・胡志明市

胡市胡家夫婦遊，百忙難得把閒偷。
淺嘗越菜南中北，初試按摩肩背頭。
平桂園林盈綠蓋，泰山島岸泛扁舟。
郊原處處青蔥漫，還見市廛車水流。

其二・古芝地道

古芝地道逾三窟，埋刺藏雷自等閒。
槍彈雨林迷敵我，桑田滄海泯忠奸。
靶場試射揚歡響，坑洞頻穿突笑顏。
美越恩仇惟錄像，昔年戰地換人間。

後記：

古芝地道位於胡志明市雨林區，地道最深有三層、逾十米，且四通八達，越戰期間為越共匿藏突襲之所。一恍四十餘年，昔日血肉戰場，今已成觀光景點。地道頻見遊客進出其間。另闢靶場試射，極盡歡娛。如此詭譎世情，寧不既哂且嘆？

九州秋遊九首

其一・長崎浮海觀豚

長崎怕覓昔年痕，浮海乘桴但逐豚。
細雨微波同濟渡，隱聞遙岸浪嗚冤。

其二・熊本溫泉試浴

和式衣袍試戲穿，熱寒未解浴溫泉。
渾忘冷暖憑杯盞，濯足清心復本然。

其三・熊本廣場訪熊

小縣名熊本沒熊，振興全賴黑熊童。
原無一物今馳譽，空作真時真亦空。

其四・柳川水鄉泛舟

周莊風貌貢拉歌，依樣水鄉依樣河。
忽爾跨橋舟子躍，壯哉誰識老廉頗。

附記：

水鄉泛舟，忽見舟子撐竿跨橋而過。觀之，原來已屆八十高齡。

其五・海濱公園共步

柔柔弱水任沾衣，淡淡輕雲漫意飛。
取次花叢頻顧盼，只緣共步趁熹微。

其六・祐德神社暮遊

神社昏鴉寂鼓聲，蒼茫遲暮鳥居迎。
排排繪馬無心瞥，赫赫誰陳故地情。

其七・御船山夜賞燈

草木巖崖遍激光，遊人熙攘賞燈忙。
崦嵫日薄宜收斂，奚事名山強弄妝。

其八・天滿宮前思聖

孔有麒麟君有牛，獲麟而止倦牛休。
潛龍勿用同中日，德滿黌宮天道酬。

附記：

天滿宮供奉之菅原道真為日本學問之神，地位儼然中國孔子。因受讒遠謫九州為太宰；死後欲歸葬故土，牛車突踟躕不前，遂建塚於此，並築宮以祀。

其九・福崗午宴慶生

九州五日賦歸程，妻女筵前為慶生。
難得全團同賀唱，福崗此際盡嚶鳴。

觀尼亞加拉大瀑布頓發思古幽情寄懷

不是黃河落太虛，信非簾洞美猴居。
鏡湖驟散詩仙髮，雪浪還淘蘇子書。
莫惜沾衣思五柳，未能濯足效三閭。
仰瞻造化懷先哲，今古中西自適如。

墨爾本菲臘島觀企鵝追記

南端淨土是吾鄉，結伴歸巢習以常。
奚事寒宵千影聚，我觀觀我作專場。

登澳洲塔省雪地高原有感

長空萬里片雲飄，殘雪將溶草待凋。
傲嘯天南煩盡散，披襟引吭自逍遙。

重遊悉尼萬里（Manly）海灘偶感

萬里長雲萬里灘，壘壘亂石尚盤桓。
通幽舊徑途中廢，刺目黃沙鏡後看。
彼岸隨波忘夏火，我城抗疫度春寒。
無詩莫怪羈魂懶，罣礙心縈覓句難。

觀悉尼凱馬噴水洞
（Kiama Blowhole）

洞空水湧水排空，凱馬巉巖造化工。
巨柱轟天隨浪噴，渦漩蓄勢待時沖。
高低久暫原無定，得失窮通豈有同。
小駐蒼崖憑跬步，騁懷縱目任雲風。

附記：

凱馬位於悉尼南部，其著名景點為天然噴水巖洞。水柱間歇從巖洞噴湧而出，可高逾二十米；惟高低久暫不定，需配合天時地利，尤其水流方向與力度。

冬至與家人悉尼賞燈有感

北地冬陽今最短，南洲夏日正悠長。
加衣尚憶圍爐暖，揮汗難尋冷氣涼。
未啖湯丸違舊俗，同觀燈飾聚倫常。
人生憂樂無南北，莫論寒溫亦是鄉。

悉尼新歲苦熱

百年罕見熱南天，歲暮高溫歲首延。
悶氣襲人休啟戶，空調適體始安眠。
商場充斥尋寒客，里巷蕭條泛野煙。
避暑避秦原一例，過猶不及古難全。

悉尼度清明觸感

清明彼岸秋，落葉積新愁。
母家憑兒掃，父靈期妹修。
越洋緣女病，累月為孫留。
怕道綿山樹，簷前滴水流。

詠悉尼東林小鎮（Eastwood）並寄懷

東林無黨眾生營，莫問前因我獨行。
黑髮黃皮經慣見，南腔北調任紛呈。
他鄉但享家鄉物，去國難忘故國情。
駐足少留非信美，怕看壁壘日分明。

逾廿載後再度悉尼四月之秋有感

四月南天接杲陽，金風颯颯沐新涼。
昔年挈婦將雛覓，今日陪孫伴女忙。
知命倉皇慌擇路，逾稀沖淡釋行囊。
幾回歸去來兮賦，廿載雙城孰作鄉。

佛誕日悉尼麥覺理墳場偶觸

南洲佛誕望秋墳，脈脈新愁為送君。
異路死生遙且近，不仁天地合還分。
清風欲靜猶驚樹，杲日無形卻斷雲。
上下索求歸處渺，何慚俯仰自含欣。

悉尼秋午遇楓偶感

故土漫天遍地紅，驀然籬外遇丹楓。
怕懷國事懷家事，身老南洲豈放翁。

悉尼初冬即景

風清雲淡煦寒天，幽草闌珊獨我憐。
誰謂門庭車馬靜，隔街袂接復摩肩。

悉尼道旁遇夾竹桃偶觸

忽爾他鄉遇故枝，相逢道左疫危時。
如桃花綻紅腮艷，若竹葉延青脈垂。
遷土那嫌苗種混，插條未怨本根辭。
俗塵沾盡猶存活，毒抱孤芳自悅怡。

聞澳洲袋熊讓出地洞予動物避山火感悟

千山烈火焚，百獸幾亡歿。
洞窟袋熊營，難關吾族越。
扶危讓穴巢，共濟同舟筏。
異類縱無知，利他憑自發。
哀哀萬物靈，但懂相攻伐。
不念氣連枝，惟殘親肉骨。
天災絕有期，人禍何時竭。

悉尼疫中二嘆

其一・嘆延留避疫

二豎瘋狂舉世驚，那無淨土俟河清。
心安縱是吾鄉處，蘇子應憐蘇武情。

其二・嘆悉尼封關

小隱不成中隱艱，相驚伯有為封關。
離巢羈鳥群難入，失火池魚淵望還。
燈下苦吟惟險韻，庭前凝眺竟無山。
東西南北安何處，自是身閒心未閒。

師友篇

乙酉詠懷和王校長齊樂

蠅頭蝸角小壺天，漸遠迷途忽暮年。
官富有場非用武，詩書無價自投緣。
莫嫌摸象形常混，未識解牛筋尚纏。
甲子待花終不悔，儒林藝圃願同肩。

重讀定銘兄關於《戮象》舊文有感

七子如今賸許胡，當年棒喝實何辜。
攀梯諒踏時賢步，戮象難教拔劍誅。
斷水激流歸故土，忘蹄藍馬惑殊途。
倏然半世風雲變，截鶴寧甘續病鳧。

中秋與文社時期文友彥火、步正午聚記樂

以文會友憶青衿，菁（步正兄之華菁社）秀（羈魂之文秀社）豪（彥火兄之豪志社）情半世（三者均為六十年代較活躍之文社）尋。彥火尚燃明月耀，羈魂小隱客思深。何當步正翻鴻印，還待網維懸赤心。此地中秋同舉箸，天涯異日孰登臨？

後記：

彥火、步正二兄為文社時期已認識之文友，雖各屬不同文社，且見面不多，惟半世紀以來，神交已久。今歲中秋，有幸午聚，暢論今昔。管甚明日天涯，能當下共桌言歡，復有何憾。

《詩風》同人茶聚有感
並贈蕭艾

詩風零落未蹉跎，厭賦新詞尚放歌。
一桌江郎才漸盡，滿頭白髮話偏多。
辭根蕭艾疏狂歛，古壁羈魂夢語磨。
萬里飛蓬今復聚，含飴莫笑眾廉頗。

《當代香港詩人系列》新書發布會後

朗朗詩聲斗室溫，暫忘寒氣隔街翻。
十人心血凝餘墨，半世滄桑諒肆言。
當日圍爐逢舊友，今時書會憶清魂。
在場老驥猶存志，系列延開代代門。

禮品工房簽書會後

五紀從文盡我能，重翻少作戰還兢。
簽書會上來新士，禮品攤前聚舊朋。
筆下龍蛇原未慣，行間心血愧難凝。
老來懶逐浮名樂，繞膝兒孫歡自承。

贈澳洲新州酒井園諸詩友

神州奚事會新州？各有前因莫問由。
酒井有緣能暢聚，談詩論世互書酬。

附記：

新州，澳洲新南威爾士州之簡稱，悉尼為其首府。

贈詩友心水並誌面書相認周年

面書相認忽經年，網上圖文斷亦連。
墨市憑君耘藝圃，悉尼愧我廢詩田。
天涯香海緣初結，咫尺南洲地竟偏。
動若參商循己跡，神交面會順其然。

七絶二首奉謝高山流水群組諸詩友

其一

高山流水和知音，言志抒情理各尋。
砥礪切磋無彼我，亦師亦友匯詩心。

其二

妙句佳詞我願聞，高山流水幸逢君。
沾衣欲濕三春雨，歛袖毋驚五綵雲。

賀祿德兄生辰

莫笑鬚眉白，休嫌懵懂姿。
生逢原爆後，誕賀國安期。
猶抱鍾馗志，時吟杜甫詩。
舞台真假混，得失眾心知。

與皇仁舊同學五十年後五陵會重聚感懷

倏忽韶光五十秋，同窗重聚五陵樓。

微黃舊照情猶在，漸白霜華志尚留。

諢號未忘存稚氣，滄桑細訴話從頭。

五陵教人聯想李白〈少年行〉「五陵年少金市東」與杜甫〈秋興〉「同學少年多不賤」句。如今，五陵不再年少，同學少年更各有所成。今夕無年少，幸有新圖既指「席上重聚時新拍攝之照片」（相對五十年前「舊照」），亦指諸位舊同學「新」近籌劃之宏「圖」，包括：成立同學會及十二月訪校與晚宴之雄圖。寄意悠。

與皇仁舊同學訪校暨晚宴重聚記樂

四海歸流匯此時，睽違半世認伊誰。
球場欲淌當年汗，教室疑留往昔詩。
尚幸皇仁勤旨永，還看書院盛名馳。
觥籌今夕頻交錯，明日天涯會有期。

贈耀光暨海外皇仁眾書友

棄理從文話昔年，只緣學友盼同肩。
無心數理迎難苦，銳意詩文覓句鮮。
束手慚無醫者術，育才幸有聖人篇。
五陵裘馬何言貴，半世相知萬里牽。

探師病有感並祝吾師早占勿藥

歲月無情實有情，鬢霜掩映兩師生。
忍看病榻龍鐘態，驀憶黌宮木鐸聲。
鳩杖幸逢難辨貌，松齡得遇竟呼名。
樊籠羈絆經掙脱，可奈管瓶今繫縈。

德愛中學校友盆菜宴記盛

老幼中青聚一堂，圍盆共桌菜分嘗。
容顏隱約今時認，名字依稀此際量。
豈待觥籌尋往跡，還憑數碼駐流光。
盡歡未盡重逢話，翹首金禧滙八方。

出席德愛中學金禧彌撒感恩

金禧彌撒感恩時，濟濟一堂生與師。
校友獻花懷謝意，故人合照證情思。
昔年草創同成長，今日果盈相悅怡。
篳路啟林風雨沐，愛誠德著秉天慈。

贈美筠、洛楓兩愛徒二首

其一・高山劇場巧遇記樂

菁莪栽罷卅餘年，樂見才華各有天。
青出勝藍當莞爾，冰寒於水倍欣然。
作詩教學傳薪火，展藝弘文闢土田。
莫道此城沙漠地，溪泉代代自涓涓。

其二・高山新翼同賞《桃谿雪》述懷

高山再遇賞桃谿，雪落冬寒春更迷。
雁駐為傳雲外訊，鴻飛猶賸爪邊泥。
願循本志開新域，但寄真情守故畦。
亦友亦師何論輩，滙流那復辨東西。

閱《明報》李嘉誠中學畢業禮報導有感

嘉業能傳代代功，誠心盡意志相同。
披荊昔日勞還樂，結果如今碩且豐。
學圃廣栽桃李樹，藝叢遍沐杏壇風。
為山慶幸無虧簣，獨愧胡言惠未終。

附記：

忝為李嘉誠中學創校校長，中道離去，為惠不終，殊深歉甚。猶幸繼任叢蔣漢校長、現任梁學圃校長，努力奮鬥，嘉誠今已成為北區以至全港名校之一。憶昔草創披荊之勞而樂，復看如今成果之碩而豐，「老逃兵」寧不釋懷莞爾！

與李嘉誠中學創校時舊生共聚記樂

一桌團圓聚故情，盧山細認怕呼名。
當年志學今知命，往日青衿喜有成。
篳路啟林同步進，門牆植李自蹊行。
莫言起跑優先位，嘉業從來本至誠。

赴滿地可修院訪麥瑋琪修女記樂

不辭萬里訪幽蘭，九十遐齡意態安。
昔日雲山蒙禮遇，今時滿地可言歡。
擁肩此際傳誠愛，執手多番問暖寒。
院落清幽宜養靜，他年盼聚再相看。

陸羽樓頭與張太暨東華諸位校長小聚有感

一別東華近廿秋，喜逢故友聚樓頭。
聯歡陸羽觥籌錯，笑語東瀛往昔遊。
當日辛勞相互勉，今時退隱未言休。
多年共事緣猶在，此際詩成美意留。

偶觸與品嘗雅集群組諸友共勉

交遊零落嘆逾稀，莫問殊途各有歸。
得失壽夭誰可料，無慚俯仰惜餘暉。

大埔校長會二十周年會慶雜憶

廿年莫道幾番新，會慶欣逢溯往塵。
品質圈中情歷歷，聯招場內助莘莘。
試行驗毒為先導，自願減班當有鄰。
各展其才扶學子，徽巾（繡上會徽之手帕。會徽原為當年「大埔中文品質圈」徽號，乃身為總監之本人所構思者。「中」字本指「中文科」；計劃完成後，校長會特取作會徽，「中」由是代表「中學」。）代代盡能人。

戊子海港樓樂聚贈千禧校長班諸友

十載千禧校長情，杏壇黽勉為諸生。
天光道上同几硯，海港樓頭共箸觥。
教改辛勞猶建樹，縮班困頓誓披荊。
艱難未減孺牛志，且醉今宵盡放鳴。

贈千禧校長誌廿載情誼

相交世紀幸相交，廿載投緣細味敲。
憶昔萬機曾日理，喜今俗務漸全拋。
黌宮各掌欣桃李，飯局重開樂饌餚。
硯席有情當認取，千禧共步勝封茅。

敬悼饒師宗頤

期頤仁壽盡榮哀，一代宗師淨土回。
高處不勝寒暗襲，濟時猶自志弘恢。
擎天笑對群蠅擾，活水長流一鑑開。
寵辱兩忘乘造化，饒荷餘墨眾心栽。

敬悼陳炳良老師

昔年受業自皇仁，半世叮嚀教未湮。
病句板書相與析，佳篇壁報樂紛陳。
也曾厚古今惟薄，嗣後趨新舊亦珍。
港大嶺南桃李在，良師一去復何人。

敬悼蘇輝祖老師

去雁來鴻聚太匆，雪泥雲影各西東。
課堂揮灑春風沐，病榻沉吟細雨濛。
惡耗遽聞驚歲首，祖筵未設惜歌終。
久長但遂恩師意，桃李門牆千里同。

後記：

上月曾探望急病之蘇老師，感其樂天頑強之志，信能早占勿藥。孰料惡耗遽傳，吾師竟溘然而逝，寧不既驚且慟！兩日來思緒紛雜，今始勉力成篇，聊表吾師栽培之謝忱；並盼我輩逾稀之徒，縱千里東西，猶各自珍重。殆亦吾師之心願歟！

敬悼麥瑋琪修女

悼辭難寄嘆迢遙，德範長存日月昭。
愛土深耕栽嫩蕊，麥田勤播育新苗。
瑋光歸主情猶在，琪玉還真志未消。
修院昔曾親探望，女牆空膹遠心翹。

敬悼余光中先生

蓋棺難作定論時，彈讚由人莫奈伊。
身後是非誰管得，餘光無悔此中詩。

敬悼詩魔洛夫

方悼餘光黯落中，詩魔百日路歸同。
沉沉石室驕陽裂，浩浩靈河漂木終。
莫道望鄉迷岸界，還憑斷幹聽蟬風。
昔年香海天狼會，夫復何尋相惜翁。

附記：

余於六十年代初習現代詩，實啟蒙自先生之《石室之死亡》。七十年代末，有幸與先生初會。時余光中先生於中大任教，昔日〈天狼星論〉兩大師有緣聚首香江，誠盛事也。孰料近四十年後，相惜雙星竟於百日內先後辭世，寧不悵然！

悼戴天

戴盆難望滿天星，不共乘遊為踐形。
煙斗輕敲才八斗，酒瓶醉碎夢千瓶。
石能生長休嫌醜，骨縱呻吟未染腥。
斑馬實虛蛇毀譽，南來雁化泰西翎。

敬悼老蔡（蔡炎培）

雅歌俗韻譜離鳩，青簡玄衣碧璽愁。
醉醒猶纏初結髮，傲狂莫笑亞當頭。
重門輕掩沉鐘夜，壯志深埋掛劍樓。
此際藍田仍日暖，還看雲海道清秋。

敬悼九葉詩人鄭敏前輩

七葉方哀一葉凋，遽然九葉盡飄搖。
風停樹靜蹊難覓，戟折沙沉鐵漸消。
冬雪茫茫遮舊轍，春泥片片異新苗。
百年寂寞惟詩路，不作明燈不作橋。

附記：

去歲福基猝然辭世，《七葉樹》驟失其一，餘痛猶存。新年伊始，遽聞鄭敏前輩病逝，雖壽享期頤，仍不免感懷。《九葉集》最後一葉終歸塵土，殆亦時代新舊交替之徵兆耶？「百年寂寞惟詩路」，雖遮蔽其何傷，縱燈橋又何矜！

為摯友經祥扶靈後感懷

初度扶靈百感生，桐棺輕撫送君行。
友緣聚會（經祥兄今年八月於舊校與一眾舊同事及舊生之聚會。）難緣繫，迴夢
耘窗（會上並發布經祥兄親自編製之文集《耘窗迴夢》。惜余因事未能出席，惟文集亦曾稍獻綿力；此亦為與兄最後一次之合作。）
助夢成。紀念文章同訂正，緬懷圖
片自經營。愛家樂教原無憾，勝似
生前身後名。

憶艾凡

昔年風雨讀書聲，學苑群英共筆耕。
白日放歌鵬鷃樂，青衿任氣泰衡輕。
同途各覓殊歸道，共步翻成異路行。
從政從商從本志，是非身後孰能評。

附記：

艾凡兄與余於大學時同為《學苑》編委。當年濟濟多士，惜同途殊歸、共步異路，鵬鷃各從其志，幸終亦各有所成。乍聞兄死訊，雖睽違已久，猶卒然以驚；復看輿論，更毀譽不一。嘆「身後是非」，孰能評説？

悼文秀文友楊鳴章

昔日辭章相與鳴，文場競秀肆才情。
疏狂若我迷詩路，曠放如君頌主聲。
異軌參商緣日淺，殊途耶孔教同榮。
逾稀漸慣傷零落，甚矣吾衰夢不成。

附記：

楊主教年輕時與余同為文秀文社成員，曾於報刊聯合發表散文。文社潮後，異軌殊途，幾不相聞問。年前欣悉其出任香港教區主教，與有榮焉。誰料噩耗遽傳，想年逾古稀，不免交遊零落。子曰：「甚矣吾衰也。」誠然！

悼藍馬文友易牧

激流藍馬憶當年，結社談詩樂並肩。
有桌弈棋君捨棄，無根漂木浪翻纏。
四旬闊別猶傾蓋，七秩同登偶共筵。
歷盡劫波惟女在，天倫未聚德能傳。

附記：

易牧兄原名易德傳，又名易其焯。余嘗笑謔為「弈棋桌」。今屋邨棋桌猶在，惟兄忽爾辭世，悵然！

悼半世紀詩友福基二首

其一

拱門初遇憶青衿，半世詩詞共賦吟。
五綵旗飄開陌徑，十人選集序清音。
書成蝴蝶生花筆，劇著揚州藉錦心。
未試管弦誰惜顧，鳳溪葉落復何尋。

其二

一葉俄飄六葉哀，蘭溪鳳去賸空台。
步蹤李杜揮餘墨，笑語干戈盡淺杯。
精撰楹聯參盛事，專研白石見高才。
杏壇詩國羈遊罷，且待天家接福回。

附記：

與福基兄初識於港大，並於七十年代初同創辦《詩風》，首次約聚地點正為尖沙咀五支旗杆下。八十年代末，再同辦《詩雙月刊》及《詩網絡》。其間更與余及五位詩友合寫報刊專欄，並結集為《七葉樹》一書。年前，兄應邀為《十人詩選》寫序，並曾為東華文物館重修撰聯紀盛；又專研白石詞，出版力作《蝴蝶一生花裏》，更曾囑余據此編撰新劇。如今拙劇《揚州慢》初稿完成，兄竟遽然離世，寧不既哀且憾！

悼藍馬文友古兆申

昔年藍馬擦肩行，君砸迷宮我尚營。
盤古初開明月耀，詩風另起杏壇耕。
樂弘崑曲原君志，貿闖梨園亦我情。
估道參商猶可會，青衿難再白頭迎。

附記：

六十年代中，兆申兄與余均為「藍馬現代文學社」成員。兄其後於《周報》撰文批評當時台港現代詩，呼籲走出文字迷宮。文社潮後，兄曾主編《盤古》及《明報月刊》，近年則轉研崑曲。早前，路雅提及欲偕余與兄聚舊，言猶在耳，遽料噩耗驚傳。去歲，福基兄、老蔡與戴天前輩辭世，已教人哀慟；今年伊始僅十一天，鄭敏前輩與兆申兄竟相繼病逝。嘆倏忽人生，青衿白頭，難得易失，悲夫！

他日相呼
白石

親情篇

遷葬重覩亡母感懷

九泉未及可相逢，六尺深埋現解封。
遷葬忍教移骨殖，焚香難得誌音容。
風薰雨沐星辰注，草潤泥滋日月溶。
闊別十年應不識，鬢霜竟似母般濃。

母親節夢覺偶觸

老去原無萬慮纏，每逢佳節意猶牽。
養兒豈望劬勞報，憶母還思戲綵年。
乳燕高飛由本性，慈烏夜哭自天然。
人生代代簷前水，點滴何需到九泉。

辛丑母親節與家人飯聚跨洋合照有感

佳節欣逢賀母親，蝸居此日樂天倫。
盤飧限聚猶兼味，網絡跨洋共遠人。
去歲夢迴慈宛在，今時淚咽友歸塵。
倏然夭壽真耶幻，得伴兒孫已足珍。

重看妻黑白舊照記樂

黑白分明若幻姿，素顏何用粉脂施。
嫣然回盼情猶蘊，細意凝眸夢始期。
未曳花裙經醉蝶，漫被彩襖自成詩。
重看舊照思潮泛，半世喬蘿散葉枝。

荃心荃情慈善夜與妻合唱《子見南子》後有感

婦唱夫隨第一回，孔丘南子現銀台。
昭昭壯志惟天鑑，耿耿丹心嘆自哀。
愧乏聲情酬盛意，惟憑唱做諒庸才。
聖人唐突緣興學，子弟親朋盍興來。

與妻即興同穿華服拍照記趣

即興同穿華服裝，佳人才子暫充當。
媚如深殿回眸笑，傲勝寒宮廣袖揚。
不慕風流唐伯虎，獨憐聽説蔡中郎。
搖鈴半世馴羈馬，願效題紅曲水長。

重看與妻合照二首

其一・小橋流水照

小橋流水遠人家，佇立幽篁傍翠霞。
誰道人間無樂土，碧波潭畔映蒹葭。

其二・今昔合照

任教滄海變桑田，依舊青衫樂擁肩。
信是有情天亦老，且將白髮映妝前。

閒情記趣

其一・對飲

獨飲何如對飲甜，相看不語意猶添。
一方小桌難分隔，為有凝眸帶笑黏。

其二・閨趣

俄然夢筆未生花，推枕苦吟燈月斜。
怕擾海棠春睡意，問郎奚事賦蒹葭。

題去歲德愛中學校慶夜妻側影照

去年校慶駐凝眸，回盼依然意態柔。
含翠春山何待畫，豐盈側影有牽牛。

謝妻代除耳垢記趣

積存垢石窄縫中，偏聽還教偶失聰。
私語聲宏情或洩，淺談耳背意難通。
先憑甘露溶頑硬，終賴楊枝振聵聾。
老去休嫌微恙擾，相濡執手婦憐翁。

鼾聲頌——代妻擬作並謝

昔年未慣枕邊鼾，此際聽聆心始安。
但得輕雷殷夜夜，寧神穩睡到更殘。

婚戒失而復得記樂

無名左指舊痕深，婚戒何蹤眾裏尋。
若失通靈亡趙璧，如收綵筆碎牙琴。
索求上下茫茫路，遍覓東西邈邈音。
回首驀然箱底現，釋懷誰解老來心。

尖東闔家年度賞燈有感

賞燈耶誕闔家歡，三代同行未畏寒。
憶昔將雛扶老顧，喜今伴子抱孫看。
年年光影難留駐，脈脈親情尚溢漫。
莫問門楣誰可耀，但求淡飯寸心安。

冬至與家人鯉魚門宴聚誌樂

去歲南洲愛夏長，今年北地暖冬陽。
一家難得同歡宴，三代怡然聚滿堂。
附尾甘隨群幼樂，纏身喜與眾孫狂。
鯉門未躍天倫躍，期以茶齡（一百零八歲，泛指高壽。）會八方。

附記：

去年冬至，與二女兒一家於悉尼共度。今年冬至，難得子女、媳婿、孫兒暨一眾家人，於鯉魚門宴聚，特賦詩誌樂。

冬至家人於各地藉熒屏共宴有感

莫道夜長愁晝短，應知冬至一陽生。
經年病毒成災虐，克日疫苗終弭平。
限聚難圓同桌夢，網維代慰共筵情。
悉尼港九聯新界，呼取餘杯隔幕屏。

於悉尼甥女家與妻及一眾晚輩火鍋宴有感

喜同晚輩共圍爐，暮景怡然舉箸觚。
齒頰香留鮮嫩肉，舌根味聚素清菰。
殷勤勸酒甥和婿，細意添餚女與徒。
一樹親情妻倚伴，東隅莫惜惜桑榆。

三代新正同玩紙馬將記樂

兩年久未響牌聲，三代同檯紙作城。
休道不尊惟倚老，共融長幼趁新正。

贈大女兒嘉文並賀生辰

同月生辰父女親，初逢三面憶舒伸。
空床無覓猶存句，異國相隨樂聚倫。
再着藍袍稱勇毅，共遊絲路僕風塵。
頂天不讓鬚眉志，賦就嘉文已足珍。

附記：

大女兒與余同月出生，當年曾賦新詩〈三面〉以誌；後女兒獨自負笈海外，面對上格空床，再賦〈空了的上格床〉寄意。復輾轉同處悉尼，再回港定居；喜見女兒於兩地均戴上方帽，學、業均有成，老懷堪慰。復憶絲路之旅、吉澳之行，更彌足珍。能賦就此美篇嘉文，夫復何求！

重看大女兒年輕照有感

胡家嬌女憶初成，瞬目揚眉脫俗清。
烏髮垂肩添逸態，素衣端坐遣閒情。
不需臨鏡輕妝弄，自有熙陽采粲明。
已上庭枝頻反顧，解鞍小駐再奔程。

題大女兒畫作四首

其一・春牛圖之自在

短衣坦腹恣橫騎，輕挽繩來懶曳枝。
孺子老牛同自在，恨無短笛隴岡吹。

其二・春牛圖之悠然

春草自萋萋，悠然互挈攜。
相看兩不厭，惟我與牛齊。

其三・雨水

春瘟累月困愁城，雨水濛溶怎滌清。
忍見祭魚盈浦嶼，柔枝難奈井蛙鳴。

其四・百鳥之王

不羨觀音千眼開，還張百目獨徘徊。
冷看俗世炎涼事，我自逍遙任去來。

父親節獲大女兒手繪小畫記樂

昔憑女筆立成詩，今喜亭亭畫贈持。
還笑五齡描彩蝶，難忘三面罩琉璃。
牢牽父手猶深盼，輕傍兒肩暫釋疲。
莫向簷前傷滴水，應知血脈暗奔馳。

附記：

女兒幼時曾為其寫下〈我用女兒的鉛筆寫詩〉、〈女兒的畫〉與〈三面〉等多首新詩。

重看二女兒詠文畢業照有感

纔賦嘉文又詠文，藍袍方帽自酬勤。
黛眉淡掃天真在，皓齒微開慧巧薰。
主見執持花入抱，能言善導友同群。
南洲廿載成家業，莫怪老懷叮囑殷。

二女兒結婚十四周年誌樂並抒懷

主婚千里赴南洲，女嫁成家十四秋。
中饋能持姑意愜，職場兼顧母懷憂。
麟兒再誕添歡樂，舊患重臨倍苦愁。
風雨陰晴嬌婿伴，萬重山過共輕舟。

贈賀三兒禮文年屆不惑有感

未愁髮白半頭被，惟恐體胖雙膝疲。
同越古稀憐二老，剛逾不惑惜三兒。
學成又慮成家室，業立還求立本基。
養子百年憂九九，承歡何幸得含飴。

重看三兒澳洲黃金海岸舊照有感

逐電追風一少年，青衿難得試初鞭。
新牌謹慎攜親老，陌地從容過野田。
藝創科研頭角露，家成業立禮詩傳。
黃金海岸情猶昨，廿載煙雲別有天。

附記：

時兒子首次充當司機，接載家人於澳洲黃金海岸度假。倏忽廿年，昔日青青子衿今已成家立業，榮升兩女之父矣。

贈啟智、樂知、樂行、健豪四孫兒

耳順從心半隱時，北南內外四孫兒。
九齡漸啟童蒙智，五歲樂尋孺女知。
樂步小行還學語，愛嚎幼健亦開眉。
啟知有道同心力，行健如天盼可期。

與妻及三孫兒合照記樂

身旁膝伴三孫兒，隔代同堂自悅怡。
影像願留童稚影，時光但駐晌歡時。
倦肩猶幸賢妻撫，老手還教幼女持。
鳩杖懶扶扶嫩蕊，成蔭樹樹待期頤。

詩贈大孫女樂知並賀七歲生辰

襁褓俄然始齔齡，樂天知止識趨庭。
慶生難得同賢聖，夙慧何需效意冥。
綵筆休奢干氣象，隨波莫使逐浮萍。
當知自足人常樂，祖愛親憐一裊婷。

與小孫女樂行合照記樂

雜務俱抛下，暫忘塵俗煩。
相看猶不厭，惟有兩爺孫。

乍聽小孫女樂行低吟《明日歌》有感

孫女低吟明日歌，遽然驚覺歲蹉跎。
當年順口詩中句，此際回眸笑裏窩。
混沌未開何寫意，滄桑曾歷漸銷磨。
門前流水難西返，代代承傳浪接波。

小外孫健豪除夕出生誌樂

除夕呱呱動地聲，熊蘭入夢擁初生。
父憐兄惜難離手，公注婆凝未轉睛。
弄舌自娛因甚事，舐拳欲語為何情。
嬰孩莫道無思辨，樂在其中孰與爭。

赴澳弄孫月半有感

學行學語胖娃兒，哭笑無端實有時。
索食嚎啕磚瓦震，欲眠輾轉被衾移。
每逢換片先搖腿，但得依懷即展眉。
任性隨心無俗慮，人生若此復何期。

看妻撫小外孫背偶觸

何需俯首作孺牛，背後甘為後輩揉。
莫道孫兒惟獨樂，外婆笑意早盈眸。

祖孫遊

東林一隅祖孫遊，樹影婆娑好箇秋。
踏葉攀枝全不倦，追風逐鳥總無休。
垂髫飄曳天真態，華髮縈迴俗世愁。
但得蕊苗能茁長，桑榆何論失還收。

附記：

悉尼家居附近有一小鎮，名"Eastwood"，余嘗戲譯為「東林」。

重讀去年弄孫詩有感

去歲南洲伴，今時香海陪。
驟奔如脫兔，突叫若驚雷。
眼角懷中瞟，眉頭食裏開。
誰知童稚樂，幾許苦甘來。

贈別聖地牙哥七兄國基

聖地牙哥匯舊新，重逢兄弟倍相親。
海洋場館童真拾，軍艦滄桑照影頻。
大峽谷前驚造化，賭城區內嘆癡人。
老來手足休嫌慢，情在天涯亦比鄰。

重訪羅省三嫂一家有感

廿載重臨洛杉磯，何堪物是已人非。
墳前但憶亡兄笑，室內恍揚先妣衣。
幸衍宗枝傳裔嗣，那論血脈混中菲。
辭根散葉由來慣，結子開花自有歸。

初二院舍探二兄觸感

兄髮猶烏弟漸灰，探看院舍暫相陪。
聲洪但惜乖倫次，杖倚緣何亂去來。
一意嘗鮮頻箸舉，無心拍照懶頭抬。
指揮若定蕭曹失，返老今時心尚孩。

小滿夜二嫂追思會後

驟雨飄搖小滿天，靈堂弔唁憶童年。
初歸奉茗藏几下，送別瞻容繞柩前。
默禱追思遺愛在，講經頌唱聖恩宣。
主懷安息當無憾，難得兒孫盡孝賢。

悼表妹昭華

白髮何堪送黑頭，焚香合什哽咽喉。
難知天命心猶惑，欲報劬勞願未酬。
敏事訥言儕輩譽，強顏諱疾自家愁。
昭昭淑德歸泉壤，寂寂芳華寄一丘。

志懷篇

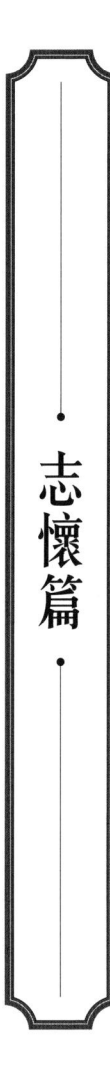

退休經年有感

半閒書翰又經年，休道茶涼境自遷。
伏案未投班氏筆，挑燈還誦鄭家箋。
流連藝圃情猶在，踥蹀黌宮責尚肩。
花髮緩生花甲夢，含飴難得哄孫眠。

檃括辛棄疾《水調歌頭》詞自解

換取餘杯勝後名，人間萬事泰山輕。
悲兮嘆惜生離別，樂矣欣聆新雨聲。
富貴煙雲非所願，古今兒女自關情。
前扉虛設斜暉暖，歸與群鷗暗訂盟。

自嘲——步魯迅韻

清風明月那需求，綠鬢由他變白頭。
濁浪滔滔襟上染，沉沙汩汩指間流。
難憑拙筆追司馬，愧對藏書苦汗牛。
撫拂滿懷空兩袖，盈虛轉瞬又中秋。

閒情賦

虛長兩袖舞清風，官富何求學教通。
俗韻適來甘墮網，市廛居久樂投籠。
世情詠罷閒情賦，綵筆揮餘禿筆窮。
中隱無分南與北，白頭共惜夕陽紅。

抒懷二首

其一

澄江如練散餘霞，利鎖名韁孰可加。
淡泊不求青眼盼，唱酬難得共烹茶。

其二

好花堪折休攀折，乘化枯榮心自悅。
大道朝聞夕可亡，緣生終究隨緣滅。

隨想二首

其一

晚節從來是險關，孤舟遙嘆萬重山。
空懷祖逖中流志，暮靄沉沉那辨顏。

其二

棋罷由他爛斧柯，狂吟未悔劍空磨。
如今但惜桑榆晚，誰道盟鷗不逐波。

自況二首

其一

杯觴未慣好新詞，恬淡延生自悅怡。
莫笑風流心不老，詩魂誰個可囚羈。

其二

欲棄床頭萬頁書，只緣斗室困相如。
自慚德遜南華子，但管忘筌未得魚。

獨飲二首

其一

一杯莫論水啡茶，偷取浮生半日奢。
獨坐悠然添逸意，解憂奚用杜康家。

其二

獨飲自從容，閒情加倍濃。
快門誰代按，盡在不言中（孤雁入群格）。

附記：
余嗜飲意大利泡沫咖啡 Cappuccino，中譯為「加倍情濃」。

旅澳廿載感懷三首

其一

移居昔日彼邦來，廿載南天北地迴。
經籍難窮頭已皓，翰章漫著鬢頻催。
他鄉橘樹慚成枳，故土荊苗悲抗梅。
管甚鶡鵬仍有待，泥龜曳尾樂何哉。

其二

雙城寒暑慣登臨，廿載來回證昔今。
漫道離巢猶戀棧，雖云羈旅卻成陰。
長斯更繫生斯愛，異土難萌吾土心。
信美少留懷歉謝，盆舟共度濟淵深。

其三

西風難得肆披襟，翹首長空獨嘯吟。
懷土懷刑情孰寄，避秦避疫夢無尋。
觸山莫道崩天柱，棄杖何曾化鄧林。
休羨新枝開處處，辭根誰悉斷梨心。

年近古稀抒懷

近稀能飯亦能詩，禿筆尚持心自怡。
露重任從玄鬢白，風多難壓響蟬枝。
喜看荷傘呈新貌，惱煞蛙鳴擾舊池。
身外是非誰管得，未忘物我笑塗龜。

七十壽筵感興

人生七十未為稀，所欲從心矩或違。
滾滾俗塵難拂袖，濛濛零雨任沾衣。
喜看子女華筵設，樂見親朋盡興歸。
東海南山誰不羨，但求執手醉餘暉。

附：

吳榮治先生和詩〈胡國賢校長自壽〉

老驥伏櫪志難羈，七十雄心與俗違。
世事茫茫花萬朵，時流滾滾旆千枝。
弄孫燈下溫馨樂，煮酒籬邊薄靄飴。
休羨南山追彭祖，尋常意馬脱韁馳。

七十生辰有感

我來天地正秋風，夏未全消冬未隆。
甲子添旬應慶幸，丙申回首嘆朦朧。
港中易幟身曾歷，南北移居夢豈同。
若得百齡觀世局，今時撕裂可相融。

七二生日喜得逾百親友致賀有感

七度欣聆犬吠聲，逾稀復見地支迎。
放翁萬首慚無及，野老千錘愧未成。
半世新詩猶偶拾，十年舊體獨躬耕。
胡言常擾蒙垂諒，難得親朋頌晚晴。

逾稀四載感悟

其一

車懸四載懶回眸，世事從來混喜憂。
青鬢幾曾嫌項脊，白頭依舊詠河洲。
兒孫自有兒孫福，燕雀寧為燕雀謀。
管甚瓠樗能用否，逍遙原在搶榆遊。

其二

逾稀思路尚蹉跎，聖哲言行悟幾多。
曠野四旬三試探，絕糧七日獨弦歌。
真經未伴青牛去，梵典還教白馬馱。
佛道儒耶原一理，殊途歸處待融和。

七五壽辰偶觸

壽越尼山慚德薄，學輸北海嘆才疏。
趨新半世詩文撰，返樸經旬絕律書。
繞膝任教纏步履，白頭何幸譜鳩雎。
還思五載懸車後，尚落言筌怎得魚。

生斯長斯

楊墨殊途孔孟歸，百年德賽已幾希。
瓦全甲胄哀齊解，玉碎泥塗嘆式微。
失舦盆舟還蕩泛，入群孤雁續摶飛。
長斯猶勝生斯愛，水複山重待曙暉。

二〇一六年回顧有感

古稀難得壽筵開，孔劇四番登舞台。
尚履杏壇研創作，應邀文獎論詩才。
含飴北地何勞也，執手南天亦快哉。
處處心安原樂土，獨愁誰拭此城埃。

二〇一七年回顧有感

一載奔波走北南，交纏悲喜嘆何堪。
添孫春赴新州駐，問病冬來紐省耽。
盛夏暢談夫子劇，初秋唁致故人龕。
無常世事尋常過，顛倒炎涼苦亦甘。

二〇一八年回顧有感

七度欣逢接地支，南遷北返為伊誰。
聚倫何惜雙城駐，繞膝寧甘千里馳。
盡卸教鞭研舊學，猶揮餘墨賦新詞。
潛藏非待時機動，門掩黃昏自有思。

二〇二〇年元旦有感

己亥休成己害年，我城何日復安然。
恣行永鼠人皆厭，末技黔驢孰見憐。
嗚軛鴟梟車怎過，遘患豺虎步難前。
慎防二豎膏肓入，莫作鬩牆萁豆煎。

二〇二一年新歲詠懷

眼濛鬢白齒搖搖，僪腿疲肩尚挺腰。
莫笑窄屏窺世局，但憑禿筆寄思潮。
逾稀豈待從心欲，能飯惟求盡意聊。
風雨陰晴何足慮，小樓偕老亦逍遙。

二〇二一年回顧有感

延綿疫患未能消，驀地回頭三百朝。
文獎雙年書續審，桃谿六月雪初飄。
方哀詩友歸天渺，又嘆親朋去國遙。
難執筆時難擲筆，罪知誰辨桀和堯。

後記：

疫情延蔓，一年容易實不容易。尚幸《桃谿雪》終於六月首演，而文學雙年獎又獲續邀為評審。可惜，辭行以至辭世親朋，尤其幾位曾並肩詩路之好友，相繼離去，寧不悵然！嘆執筆擲筆之難、桀堯罪知之辨，究憑誰論斷？

暮夜乘車歸家偶觸

暮夜驅車路暗斜，山迴峰轉怕聞鴉。
朦朧樹影難分貌，隱約樓房怎辨家。
忽爾庭前呈幻彩，驀然門外現燈花。
只緣晌午陽能儲，好待晚來光自華。

附記：

悉尼丘多，近郊燈少。暮夜驅車，但見樹影朦朧、樓台隱約，莫辨西東。是晚還家，正疑身處何地，忽見燈花閃爍，原來已抵家門；方悉家人於屋前置燈，利用午陽熱能，入夜轉化為電。頓感晚來若尚儲餘暉，縱僅堪亮隅，當無憾矣。

牙痛詩二首

其一

齒患纏綿到悉尼，搖搖欲墜半黏離。
口乾舌燥牙齦痛，藕斷絲連苦自知。

其二

欲墜搖搖終墜搖，虛增年齒實磨消。
恐餘三寸蘇張舌，滿口空言倚老刁。

洗牙

平生最怕洗棚牙，十大酷刑當算它。
閃亮銀刀頻刮削，冰涼鋼管肆横斜。
聲纏耳際如奔電，水漾喉間若灌茶。
應悔稚齡疏護理，老來無齒獨空嗟。

賦秋

仲宣子美苦登樓，念國思家豈強愁。
萬丈於今經慣見，奈何無復稼軒秋。

戲題成長照二首

其一

童蒙頭角未崢嶸，少小樑間架不輕。
瘦頰文青耽玩藝，細腰學子逐功名。
教鞭初執疏狂歛，校長重當體態盈。
退後半閒心益廣，豐頤難得自陶情。

其二

久腴難得此時臞，屢敗垂成莫笑胡。
而立腰纖餘傲骨，屆稀狼跋盡凡膚。
碩人覓句豐還潤，秀士尋詩僻亦殊。
意態由天誰可畫，養心更勝養形軀。

體檢有感

何曾諱疾忌醫來，喉舌張搖耳目開。
磁力振瞄瑕盡見，超聲波動患疑堆。
鼻囊戳破原良性，頸腺抽查未變災。
老去休嫌思慮重，防微誰謂不應該。

防疫家居隔離六日有感

六日潛居沒事成，懶翻卷帙廢詩情。
欲眠那管朝和晚，饞嘴惟餘淡與清。
未敢窺窗疑路陌，權將繞室作山行。
隔離何懼相濡沫，抗疫同心順逆迎。

重讀丰子愷〈漸〉感悟

防微杜漸實空談，歲月神偷虎視眈。
沙礫久懷珠寄蚌，田桑慢嚼繭纏蠶。
啼聲乍歇傳喪笛，襁褓方離入葬龕。
造物騙瞞誰識覺，永恆彈指耐人參。

丙申初一抒懷

羊去猴來又一年，還寒乍暖雨晴天。
溫馴莫道無觭角，靈巧需防慣倒顛。
寵辱難拋花甲後，利名漸薄古稀前。
唱隨伴取含飴樂，禿筆猶存幸有篇。

送鼠迎牛有感

疫鼠張牙終遁竄，金牛抵角待持牢。
喧騰一載穿墉惡，研發多劑抗毒高。
休再過街防喊打，且容初犢獻微勞。
祟邪此日齊清洗，抖擻如今互嘯嗥。

送丑迎寅有感

送丑願將群醜送，迎寅盼得萬人迎。
休誇充棟空流汗，那敢謀皮自請纓。
疫癘未隨烏犍去，霧霾還待嘯風清。
莫教添翼茹新苦，慎勿作倀招惡名。

初五送窮詩二首

其一

君子固窮無濫矣，賦詩奚事強求工。
財神文曲當同接，富貴浮雲入句中。

其二

財神接罷送窮神，富貴可求緣發身。
其道得之當處也，執鞭猶有聖賢人。

丙申人日逢情人節有感

情人佳節逢人日，萬眾同歡詞貴吉。
玫瑰輕持暖且香，蟠桃共啖甜而蜜。
中西時令自相融，今昔文明何配匹。
戾氣消磨瑞氣臨，春來樂見宜家室。

詠人日

雞犬豕羊牛馬人，相傳造物七天輪。
畜禽豢養先行敬，序列循環後及親。
願祝蒼生同慶壽，毋忘泥水各成身。
羽毛鱗甲奚為次，休向虛筵問鬼神。

壬寅驚蟄見霧有感

不待驚雷百蟄伸，破籠白虎豈柔馴。
止戈休望吟靈咒，抗疫難憑打小人。
忍見近屏烽火布，幾疑遠嶺瘴煙陳。
書生恕未通窮達，陋室空言獨善身。

七夕有感

七夕佳期好事磨，仙家塵世苦偏多。
銀河但儲雙星淚，乞巧惟餘送子歌。
同日死生埋宋土，共盟天地棄嵬坡。
情絲恨藹人神困，未若閑鷗逐素波。

步植和兄原韻賦寒露

不寒夕露自長吟，難得西風拂素襟。
身老江湖猶罣礙，盟鷗無處寄吾心。

附：

鍾植和兄原玉

迎風松柏作龍吟，一片澄明志滿襟。
寒露雖經熱腸後，何曾冷卻濟時心。

和順祥兄〈庚子感事〉並述懷

雙島北南家兩頭，來鴻去燕慕閒鷗。
我城亂歷情何以，異域根辭語欲休。
重到解鞍悲戍角，莫提倒屐怕登樓。
心安無處空言樂，難效莊周枕髑髏。

附：

曹順祥兄原玉

百年海角望江頭，苦雨悲風弄渚鷗。
目極天涯方擾擾，夢懸世事且休休。
淵明此地忘傾酒，子美他鄉不倚樓。
未識靈丹空妙藥，輕敲亂石問骷髏。

藝文篇

答友囑八十不好寫詩並寄懷

十八裁詩八十休，謝君叮囑棒當頭。
少狂愛弄驚天句，老病還撐逆水舟。
太白才高焉可及，東坡筆健愧難儔。
從心但得隨緣盡，尚盼蕪詞發自喉。

重看逾廿年前香港電台《長於詩》訪問感懷

長於詩復長於斯，往昔模糊今倍疑。
山號太平撕裂在，築存老地故人離。
九千多日驚回首，二十餘年屢蹙眉。
向晚枉愁桑梓事，夕陽無限影偏移。

追記：

節目攝製於上世紀九十年代中，介紹三首以香港地方為題材之新詩，包括拙詩〈模糊街〉、古蒼梧〈太平山上，太平山下〉及梁秉鈞〈老殖民地建築〉。倏忽廿餘載，如今街在、山在、建築猶在，惟作之者僅餘在下，寧不悵然！

少作〈水仙〉列入高級程度考試中國文學卷二試題記慚

少作居然列試題，水仙何物愧肩齊。
逍遙境界原無待，獨自瘋狂本執迷。

附記：

宅居無聊，整理積存文件，竟發現一份二〇一〇年高級程度會考「中國文學科」卷二複本。原來該卷將少作〈水仙〉列入試題，與〈逍遙遊〉作參照討論。當年得悉，固乍喜還驚，如今重見，更深感愧慚。想未屆二十之偏執狂傲，如何敢與先哲無待之境，並論相提？

《詩路花雨》出版兩年有感

書誌當年結社情，寫文撰曲會群英。
沾衣花雨憑誰惜，詩路漫漫尚步迎。

任「滬粵瓊港寫作小能手」即場作文比賽評判記樂

四地師生匯一城，滬瓊港粵盡精英。
即場寫作才稱捷，當下評詮責不輕。
說理抒情多寄意，遣詞運句各尋聲。
以文會友無今古，能手齊牽妙筆耕。

終得見昔日代撰力榮堂下聯寄懷

憶昔簪花試續貂，尾聯代撰未名標。
緣慳初訪堂門閉，志切重臨靜室寥。
剝落字痕新亦舊，依稀句跡近還遙。
雪泥不待飛鴻踏，自有清風暖日消。

附記：

十多年前，應邀為重修之力榮堂書室，補撰其月門缺失之下聯。前年曾專誠過訪，竟因逾時而望門興嘆。今歲耶誕前夕，終不辭跋涉，得償夙願。惟見剝落聯詞，不無觸感。想雪泥鴻爪，縱偶爾留痕，總任清風暖日消溶。名標與否，固不足道；獨悲隻語片言，終或湮沒於茫茫塵海，寧不慨然！

附：

力榮堂月門對聯

折桂何其便捷；簪花自是尋常。

任珠海學院第一屆青年唱詩節評委有感

初試啼聲唱作詩，新詞舊體兩相宜。
賦成佳句清吟矣，譜就絃歌樂詠之。
平仄協諧工律韻，短長變化寄情思。
屯門匯聚青中老，珠海文風信可期。

借書不獲還嘆苦

借書滿架在人家，甫到用時空索查。
縱有夙緣攤檔遇，蒼蒼誰復認蒹葭。

訪師

休言咄咄嘆書空，摘句尋章固有窮。
斟酌推敲詩外事，何妨車下問蒙童。

新詩轉身粵劇有感

新秀名家樂轉身，管他華麗抑清貧。
跋山豈只尋崎徑，涉水何曾失要津。
現代詩風仍納舊，初編粵劇務推陳。
拙才尚望融今古，石室梨園隔代親。

主持「從粵劇看論語」講座後有感並和婉華贈詩

儒經粵藝兩分明，拙筆聯編諒肆橫。
五度高台揚德教，首回講座忝虛名。
細論哲語熒屏活，漫析蕪詞影像生。
雅士滿堂當仰止，先師垂訓勝連城。

後記：

應西九戲曲中心之邀，榮任開幕後首場講座之講者，縷述如何以《論語》文句融入拙劇《孔子之周遊列國》中。但見雅士滿堂，寧不既喜且驚！

附：

李婉華原玉〈聽胡國賢兄「從粵劇看論語」講座賦贈〉

新編粵劇仰高明，導俗心懷氣自橫。
半部助治天下業，片言練達世間名。
如何章句翻情節，幾許研磨到旦生。
列國周遊今與昔，待看重演耀香城。

孔劇五演後有感並和志清兄贈詩

七年五度戲台姿，跨代伶人散葉枝。
西九初弘夫子劇，大千幸有鳳凰池。
絕糧難輟弦歌志，去國長懷濟世思。
不可而為今古一，盡其在我豈趨時。

附：

陳志清兄原玉〈觀孔子周遊列國粵劇酬贈國賢兄〉

五演仲尼悲鳳姿，香江紅豆發華枝。
大同無望宣仁政，寡國還能禮璧池。
非昔齊桓失魯調，是今文翰可陳思。
牡丹初唱宜黃舌，各有聲腔異地時。

孔劇講座網上直播有感

其一・初度主持

燈明椅冷一堂空，講座惟憑網絡通。
寂寞聖賢羈線上，鏗鏘鑼鼓黯屏中。
高台自道先師教，舉目難尋雅士風。
溫孔不言今夕證，夔襄餘韻去年同。
曲終未見人疏散，幸有三題字幕充。

其二・再度主持

再上高台意自如，猶然漸慣一堂虛。
知音信在熒屏待，史事惟憑曲韻舒。
瞬目揚眉頻舞手，忘形罩口暢言書。
妄攀聖哲懸河説，知我還求諒我疏。

拙曲《少陵秋興》獲全球粵曲創作大賽金獎記樂

少陵秋興曲，編撰攀原玉。
參賽萬千聲，幸然能中鵠。
拙才青眼垂，老驥甘馳足。
粵藝共弘揚，梨園融雅俗。

拙劇《桃谿雪》首演有期記樂

半世桃谿說此篇，青衿有夢白頭圓。
帝花初識驚眩目，絳雪新成苦望肩。
師勉辭題心感領，才疏稿易憾耽延。
案頭終得台前演，龍嘯輝鳴共管弦。

附記：

拙劇《桃谿雪》本自清黃韻珊同名雜劇。黃氏之《帝女花》經唐滌生妙筆，今已成粵劇經典。余少時欲步唐氏，故取《桃》劇改編，更蒙饒宗頤教授題辭勉勵。惜耽延至今始首演有期，惟饒師已逝，寧無憾焉！

寒午赴「輝．鳴藝舍」論《桃谿雪》劇本偶觸

凜凜寒風烈，殷殷盈室熱。
乾乾惕若危，皓皓桃谿雪。

與輝哥、葆輝主持《桃谿雪》演前座談會有感

桃谿此夜拱雙輝，滿座知音莫道稀。
論曲研詞談抱負，梨園學苑路同歸。

聆《桃谿雪》首演日《柳搖金》一曲有感

勸戎一闋柳搖金，同樣文詞異樣心。
昔日筵前聆勉語，此時台上送清音。
桃谿暮雪蒙君賞，虎度重門愧客尋。
大戲晚成何幸也，輝鳴難得和龍吟。

補記：

拙劇《桃谿雪》構思於大學時期，第一場〈勸戎〉中之小曲《柳搖金》，歌詞亦為當時所撰，並曾於師生歡聚時獻唱，並蒙饒師笑贈「寫得比唱得好」評語。如今半世紀後，終能於台上由紅伶李龍及黃葆輝正式演繹，何其大戲晚成之幸也。

謝福基兄勉成粵劇《揚州慢》初稿記樂

四紀桃谿雪始晴，揚州慢劇數旬成。
信非探隱花迷蝶，那許狂生句倚聲。
筆健福基基早奠，詞工白石石深情。
文章偶得嶄新手，待盼氍毹和瑟笙。

香港粵劇學者協會唐滌生百歲冥壽紀念活動二題

其一・展覽活動題詩

百年冥壽憶崢嶸，經典長留萬世名。
唐氏戲文千古頌，滌人靈性自情生。

其二・「百歲流芳」演唱會有感

滌生世紀頌高山，新秀名家會此間。
莫道濫竽猶引吭，欣聆妙韻盡開顏。
隋宮漢闕驚亭夢，火網紫釵觀柳還。
納故創新經典劇，流芳百歲孰能攀。

粵劇《再世紅梅記》四詠

其一・裴舜卿

信是多情亦濫情，折梅觀柳即心傾。
還琴招得桃花劫，繡谷贏來薄倖名。
同貌借材空辯說，離魂再世怎論評。
慧娘節烈昭容憾，癡愛兩重惟舜卿。

其二・李慧娘

命運何曾執掌中，花隨流水絮隨風。
畫船邂逅甘迎棒，梅閣重逢助脱籠。
鬼辯斥奸援難友，魂還續愛託危虹。
我非非我誰驕寵，舊魄新軀混異同。

其三・盧昭容

弱質何堪百劫磨，紅梅錯折怨情多。
花容近似方迷蝶，玉貌幾同竟惹魔。
一死代圓他者夢，再生奚復昔年歌。
桃僵新李終難代，喬木猶依舊女蘿。

其四・賈似道

外強誰悉箇中乾，有是朝廷有是官。
新敗怒遷誅小妾，摧花念轉擷幽蘭。
貪歡獨憚瘋邪猛，設穽狠藏刀劍寒。
誤國惑民今若昨，假情似道蔚為觀。

粵劇《帝女花》四詠

其一・周世顯

世冑顯榮何足誇，樹盟情切感宮花。
纔封駙馬山河變，乍遇庵堂雨雪斜。
上表為安先帝墓，完婚待建夜台家。
乾坤欲正慚無力，尚有丹心耀邇遐。

其二・長平公主

長自深宮享太平，盟心未懼電雷生。
國亡那許遺瑕玉，庵遠方能隱落鶯。
相認疑夫甘逐臭，回鑾救弟放哀聲。
含樟樹下香夭處，帝女花留千古名。

其三・崇禎與清帝

重文輕武嘆崇禎，滅闖亡明話滿清。
末路忍將妻女戮，懷柔著意鳳凰迎。
寄靈野寺前朝憾，仰藥深宮新帝驚。
功罪智愚誰可辨，一身搬演兩般情。

其四・周鍾

改元易朔寄無枝，文武衣冠異昔時。
國破還哀榮祿散，家興惟仗帝花移。
荒庵喜悉重生訊，金殿驚聆上表辭。
堪笑醜顏爭腐鼠，何如曳尾效塗龜。

粵劇《紫釵記》四詠

其一・霍小玉

拾釵緣結墜釵人，愧出名門落拓身。
一夕恩情盟尺素，三年羅掘守孤貧。
花前遇俠衷懷訴，堂上宣威凜義伸。
歷盡劫波存氣節，持操莫失勉儒巾。

其二・李益

蔣防筆下負心郎，湯祖唐生另作章。
拾翠訂盟盟永在，賦詩招禍禍驚藏。
拒婚吞玉寧殉愛，合劍圓釵代抹妝。
如許情深奚說薄，一身咎譽孰裁量。

其三・崔允明

百無一用是書生，潦倒窮酸哭允明。
憎命文章難賞識，纏身老病鄙逢迎。
恩懷淑婦推心待，義拒權臣傲骨錚。
九死不辭猶不悔，未成仙佛立儒名。

其四・黃衫客

開面黃衫一客豪，揮金仗劍醉醇醪。
縱橫意氣江湖遍，談笑去來生殺操。
挾聚梁園諧故夢，闖登盧府鎮凶濤。
不平世事司空慣，打抱何曾見拔刀。

粵劇《文姬歸漢》觀後

漢恩雖厚遜胡恩，子孝夫憐寄夢魂。
名劇重搬台更旺，氍毹再踏藝猶尊。
唱腔細膩聲情茂，身段悠然收放渾。
老幼中青同滙聚，承傳代代活梨園。

粵劇《拜將台》觀後

縱敵遺才悔霸王，忌臣劉季殺機藏。
追賢蕭相存忠願，刎頸鍾離取義亡。
呂后計施除漢患，瑤姬入夢勸韓郎。
從來知遇難知命，拜將台空夜未央。

粵劇《唐宮恨史》觀後敬贈阮眉前輩

千里阮娘歸，梨園再吐輝。
唐宮遺恨史，粵藝展生機。
名劇高才撰，排場新秀依。
承傳憑代代，香海遍芳菲。

附：

阮眉前輩和詩〈步韻和與胡國賢先生贈詩〉

千里故園歸，喜逢林克輝，
芙蓉仍待放，恨史現生機，
舊本重編撰，名伶新秀依，
才疏蒙謬讚，孔劇更芳菲。

八和新秀粵劇《白蛇傳》觀後

兩生三旦演仙蛇，武打文場各耀華。
台板琢磨憑毅志，氍毹扶掖仗方家。
老倌難得傾囊授，新秀何妨着意賒。
十載耕耘殊不易，高山再起繼油麻。

附記：

昨晚於油麻地戲院觀賞粵劇《白蛇傳》演出，生旦由數位新秀分演，令文場武打，得以各展所長。想新秀培育計劃已屆十年，蒙資深老倌悉心指導，年輕藝人漸已稍露頭角，為香港粵劇注入新血液。惟油麻地戲院重建在即，計劃將移師高山新翼，盼能繼續發揚承傳本意，造福梨園。

新編粵劇《棠棣情仇》觀後隨想

棠棣情仇痛鬩牆，劇無新舊涉倫常。
洛神兄弟相煎急，鬼谷門生兩敗傷。
結義桃園難共死，同歸水泊與俱亡。
血緣血歃誰能辨，逐利求仁各有腸。

觀大埔大王爺誕神功戲記熱

鑼鼓喧天賀大王，兩年一度滙村鄉。
笑談未覺風生起，抹拭猶黏汗滲藏。
忍見重袍台上烘，那憑搖扇座中涼。
滿棚莫道知音寡，難得聯歡話短長。

主持「詩禮傳家」講座後有感

詩禮傳家本令名，那堪淪落任彈抨。
綱常曲解前賢志，德賽旗飄亂世情。
通古通今才始展，以言以立學方成。
百年五四當重認，不廢江河俟廓清。

端午暨詩人節有感

莫道詩人沒有節，端陽處處靈均熱。
若言詩節在端陽，惟覺糉香鼓未竭。
皆醉何需誇獨醒，管他有節還無節。
有節那教旁喙嘵，堪哀無節腰頻折。
做詩容易做人難，諸氣萃然誰信潔。

五四百年二題

其一・五四百年有感

古稀五四夏成冬，倏忽如今百歲逢。
三十年來惟擁賽，哀哀德渺任塵封。

其二・聞蔡元培墓碑損毀

棱棱風骨一宏儒，香土長埋日月俱。
五四百年罹此劫，損碑猶盼蔭吾徒。

讀史偶觸

東瀛赤穗浪人戕，孤島田橫食客亡。
切腹立成真武士，斷頭盡是好兒郎。
難全忠義酬先主，為報恩情伴我王。
誰識四朝元老樂，折腰俯首自洋洋。

屈子投江偶觸

仕魯先師作衛臣，說梁亞聖任齊賓。
若能心繫周天下，奚用投江執楚秦。

詠古人

其一・夷齊

求得其仁孰可論，采薇惟憾變乾坤。
夷齊盜跖殊夭壽，千載賢愚豈待言。

其二・荊軻

不成義舉自成仁，衛士酬燕甘刺秦。
休道傲狂疏劍術，名留志在獨忘身。

孔院首創室內祭天大典紀盛

天德巍巍孔道昌，同心共步創輝煌。
圜丘祭告遙而近，鐘鼓聲聞敬且莊。
執禮壇前何肅穆，靜觀台下自和祥。
古今新舊相融匯，家國興隆福澤長。

參與二〇一八年觀音文化論壇有感

觀音寶誕集群倫，文化論壇灼見陳。
仁義匡時端格物，慈悲渡眾醒迷津。
修持淨己原無敵，濟世利人當有鄰。
三教同心弘信仰，承傳萬代日惟新。

沙田大會堂「壇城沙畫」觀後

壇城沙畫意深長，白綠金紅萬法藏。
匍匐高僧緩捻撒，禮參信眾淨皮囊。
四方內外圓通匯，七寶因緣散聚常。
玉石泥塵原泯混，浮圖終究入微茫。

附記：

藏傳佛教之喇嘛，於大型法事中，用數以萬計，由不同金屬與礦石磨製成之彩砂，以捻撒方式，合作描畫心中層層疊疊、圓方內外之佛境：壇城（曼陀羅）。沙畫必須閉關製作，一氣呵成；惟完成並經觀摩後，即由外向內予以毀掉，變回一堆混雜彩砂，盛入瓶皿，一半贈僧眾，一半投江海——「一沙一世界」，塵世繁華，當如是觀。

港將再奪奧運金牌記樂

兩紀迢遙奧運情，金牌再奪樂全城。
風帆昔日升英幟，花劍如今耀紫荊。
垃圾憤言凝血淚，堅持壯語道心聲。
不求巨獎高樓賞，盼莫刁難任意轟。

羽生結弦冬奧滑冰三連冠敗落有感

獨孤求敗有斯人，無敵原來敵在身。
非為金牌謀突破，四周半轉復誰鄰。

附記：

羽生結弦挾兩屆金牌聲勢參與今屆冬奧，以其技術，本可輕易摘金而三連冠，然因挑戰自己，選擇「四周半跳」難度，終因失誤過多而名列第四；惟仍為史上首位完成四周半跳選手。想安於現狀守其成者，大不乏人，而謀求突破冒其險者，世間有幾？孰智孰愚、是得是失，又如何識辨？

後記：寫詩六十年有感

其一

操觚率爾未炫才，觸感抒懷寄樂哀。
非為呼號非為控，罪知在我待清裁。

其二

新詩多舊作，舊體乃新成。
古典融今意，今詞蘊古情。
半生枯筆弄，滿紙陷蛙鳴。
花甲終無悔，從心豈與爭。

其三

新詩樂道津，舊律試鋪陳。
粵藝邯鄲步，庸才敝帚珍。
逾稀文漸淡，屈耋墨難醇。
不死非為賊，垂鈎豈望臣。
矢遺猶善飯，筆動但哀麟。
莫怨黃昏近，晴樓倚晚淳。

屈指一算，從事創作原來已逾六十年。打自一九六一年創辦文秀文社開始，我和文學早已結下不解之緣。不過，前四十多年，我主要是以「羈魂」這個筆名創作新詩。到了近十多年，我才回歸傳統，寫了不少舊詩，尤其近體絕律，還嘗試編撰粵曲、粵劇呢！

正如我在《詩路花雨》一書中所說，我有一個很「古典」的童年。在「連環圖」、「廣播劇」，以及「粵語戲曲片」的薰染下，我整個小學階段，可說是沉浸於自以為的「古典」氛圍內，儘管那時候對真正的「古典」根本不甚了了。誰料升上中學後，受了當時「文社熱潮」的沖激，我竟全然改轅易轍，轉向「現代」文學創作，並由是「一去五十年」……

雖說當年寫的是「新詩」，不少論者卻指出，我的新詩養分，主要還是源自傳統，尤其古典詩詞；譽之者許為「深於古文」；毀之者詆為「惡性文言」。其實，我也曾一度滿懷野心與信心，企圖揉合古今，標榜要創作出以「古典為貌，現代為神」的「實驗新詩」呢！

說也奇怪，退休後這十多年來，新詩如酒的激情大大銳減，而舊詩若茗的蘊藉卻日益深濃。——是「古典」童年那根深柢固的無形力量，還是「現代」暮年那江郎才盡的無奈轉向？不過，我始終認為，無論古典、現代，任何創作怎也離不開生活，更脫不了現實。雖說新詩沒有固定形式，作者卻要「相體裁衣」地，以不同形式手法，呈現每首作品中的「真深新親」之情；相對來說，舊詩儘管必須依循一定格律，有若「帶鐐起舞」，但如何能自重重拘限中，展現同樣「真深新親」之情，亦是莫大考驗。其實，詩歌根本無分新舊，同為詩人提煉自生命的心血結晶。「以古典為貌，現代為神」，不也可以如此體認？

回說這本集子，取名《倚晚晴樓詩藁》，純因家居書房向西。黃昏晚晴，日光反照，滿室燦然，直教人有「不知老之將至」之感，故取山谷「快閣東西倚晚晴」句意自勵。此外，我之醉心粵曲、粵劇，全因小時迷上唐滌生的《帝女花》；大學時，還刻意到圖書館考查該劇出處，才知悉源自清代黃韻珊《倚晴樓七種曲》同名雜劇。後來，為附唐氏驥尾，便把黃氏七曲之另一劇目《桃谿雪》，拿來改編；可惜，因家庭、工作關係，加以當時以新詩創作為主，一再延宕，至退休後才能完稿。可幸的是，該劇終於去年六月假高山劇場首演。——從「倚晴」到「倚晚晴」，不啻是我人生不同階段的見證！

最後，感謝何文匯兄惠賜序言、單周堯兄為書名題字。當然，還有譚福基兄的遺序。猶記兩年多前籌劃這本集子之初，福基兄已急不及待，要「先序為快」。回想起來，若非如此，何以倖存兄之雅意？只是，如今書始成而兄已去，寧無憾焉！